TABLEAUX, AQUARELLES

PAR

BOUSSATON

VOYAGES

en Hollande, Belgique, Angleterre

France, Italie et Algérie

EXPOSITION

Le Mardi 20 Mai 1890

CATALOGUE

DE

TABLEAUX

ET

AQUARELLES

PAR

BOUSSATON

DONT LA VENTE AURA LIEU

HOTEL DROUOT, SALLE N° 2

Le Mercredi 21 Mai 1890

à 2 heures 1/2 précises

Par le Ministère de **Mᵉ LÉON TUAL,** commissaire-priseur

56, rue de la Victoire, 56

Assisté de **M. BERNHEIM jeune,** expert

8, rue Laffitte, 8

EXPOSITION PUBLIQUE

Le Mardi 20 Mai 1890, de 1 heure à 5 heures 1/2

Les adjudicataires payeront comptant *cinq pour cent* en sus
des enchères.

En livrant, sans prétention, à l'Hôtel Drouot
une partie de mes souvenirs de voyage, je
m'adresse principalement aux touristes, qui
trouveront dans mes essais artistiques la sincé-
rité de la couleur locale des divers pays qu'ils
ont pu visiter avec plaisir. Du reste, je m'at-
tends plutôt à un succès d'estime qu'à un succès
d'enchères.

Élève d'aucun atelier, je n'imite personne.
En qualité de réaliste, j'ai simplement essayé
de ressembler, autant que possible, à la nature,
ce que les jurys n'admettent pas. J'espère,
cependant, qu'il sera fait bon accueil à mes
cent cinquante numéros.

B.

DÉSIGNATION

TABLEAUX

1 — AMSTERDAM : *Fabrique de chocolat.*

2 — FLESSINGUE : *le Moulin.*

3 — HEYST : *Café au bord du canal.*

N° 328 du Salon de 1887.

4 — LONDRES : *Trafalgar Square.*

5 — LONDRES : *West Bourne Terrasse, brouillard.*

6 — MARSEILLE : *Chez Roubion.*

7 — MARSEILLE : *A la réserve.*

8 — SAINT-RAPHAEL : *Ancienne Chapelle.*

9 — MONACO : *le Palais du Prince.*

10 — MONTE CARLO : *le Casino et l'Hôtel de Paris.*

11 — MONTE CARLO : *le Café et le Casino.*

12 — MONTE CARLO : *la Voie du chemin de fer.*

13 — MONTE CARLO : *le Tir aux pigeons.*

14 — MONTE CARLO : *Vue d'ensemble.*

15 — MENTON : *le Pont Saint-Louis. (France.)*

16 — MENTON : *la Chapelle Saint-Louis.*

17 — FLORENCE : *les Jardins Boboli.*

18 — VENISE : *le Lido.*

19 — VENISE : *Saint-Georges-Majeur.*

20 — ALGER : *la Place du gouvernement.*

21 — BISKRA : *la Mairie et l'Hôtel du Sahara.*

22 — BISKRA : *Au Village nègre.*

23 — BISKRA : *le Quartier des Ouled Naïls.*

24 — BISKRA : *la Rue des Ouled Naïls.*

25 — BISKRA : *la Mosquée de Si-Lashen.*

26 — SIDI-OKBA ; *la Mosquée-École.*

27 — FOUGHALA : *le Marabout de Si-el-Gomari.*

28 — FOUGHALA : *Réduction du précédent.*

29 — TALA MOUIDI : *Cinquième relais de la poste de Biskra à Tuggurt.*

30 — TUGGURT : *le Télégraphe optique et la Mosquée-École.*

31 — TUGGURT : *la Place du marché et le Bureau arabe.*

32 — TUGGURT : *l'École communale; côté N.*

33 — TUGGURT : *l'École communale; côté S.*

34 — TUGGURT : *Ruines des tombeaux des Ben-Djellab,
anciens sultans.*

35 — TUGGURT : *le Cimetière catholique.*

AQUARELLES

36 — AMSTERDAM : *l'Exposition universelle.*

37 — AMSTERDAM : *l'Amstel.*

38 — AMSTERDAM : *Fabrique de chocolat.*

39 — DORDRECHT : *le Port.*

40 — BLANKENBERGHE : *les Dunes.*

41 — BLANKENBERGHE : *le Canal.*

42 — BLANKENBERGHE : *le Phare.*

55 — PORNIC : *Départ des bateaux pêcheurs.*

N° 4227 du Salon de 1880.

56 — BIARRITZ : *la Plage.*

57 — BIARRITZ : *les Anciens Parcs aux huîtres.*

58 — VIROFLAY : *le Haras de Morny.*

59 — CHAVILLE : *l'Étang.*

60 — LE VÉSINET : *la Villa de M. D.* ***

61 — MARSEILLE : *la Gare du chemin de fer.*

62 — MARSEILLE : *Un Bassin.*

63 — MARSEILLE : *le Port.*

64 — MARSEILLE : *A la réserve.*

65 — MARSEILLE : *Chez Roubion.*

66 — SAINT-RAPHAEL : *l'Ancienne Chapelle.*

67 — NICE : *la Promenade des Anglais.*

68 — NICE : *le Jardin-Concert.*

69 — NICE : *la Villa des Palmiers.* (M. G\.)

70 — NICE : *l'Hôtel des Anglais.*

71 — VILLEFRANCHE : *le Port et la Ville.*

72 — BEAULIEU : *la Pointe du cap.*

73 — MONACO : *le Palais du prince.*

74 — MONACO : *Réduction du précédent.*

75 — MONACO : *Vue d'ensemble, côté E.*

76 — MONACO : *Vue d'ensemble, côté O.*

77 — MONACO : *Réduction du précédent.*

78 — MONACO : *Vue prise de Monte Carlo.*

79 — MONACO : *Vue de Monte Carlo.*

80 — MONTE CARLO : *la Terrasse.*

81 — MONTE CARLO : *le Bureau du tir aux pigeons.*

82 — MONTE CARLO : *la Gare du chemin de fer.*

83 — MONTE CARLO : *la Voie du chemin de fer.*

84 — MONTE CARLO : *la Place du casino.*

85 — MONTE CARLO : *le Casino.*

86 — MONTE CARLO : *le Café.*

87 — MONTE CARLO : *l'Hôtel des Anglais.*

88 — MONTE CARLO : *le Casino; façade sur la mer.*

89 — MONTE CARLO : *le Tir aux pigeons.*

90 — MENTON : *le Torrent Saint-Louis.*

91 — MENTON : *la Gare du chemin de fer.*

92 — MENTON : *le Pont Saint-Louis. (Italie.)*

93 — MENTON : *le Grand Hôtel d'Orient*

94 — MENTON : *la Chapelle Saint-Jacques.*

95 — MENTON : *Vue d'ensemble.*

96 — MENTON : *le Torrent Saint-Louis.*

97 — MENTON : *la Chapelle Saint-Louis.*

98 — MENTON : *Ruines romaines au cap Martin.*

99 — MENTON : *le Restaurant au cap Martin.*

100 — MENTON : *l'Ancien Cabaret du Cap.*

101 — MENTON : *Grand Hôtel du Louvre.*

102 — MENTON : *la Promenade Saint-Louis.*

103 — MENTON : *le Fortin.*

104 — MENTON : *l'Annonciade.*

105 — GRIMALDI : *la Douane.*

106 — BORDIGHERA : *le Campanile.*

107 — BORDIGHERA : *la Villa Bischoffsheim.*

108 — BORDIGHERA : *la Villa Garnier.*

109 — GÊNES : *le Jardin public.*

110 — PISE : *la Tour penchée.*

111 — TURIN : *Borgo San Donato.*

112 — MILAN : *le Jardin public.*

113 — FLORENCE : *Jardin royal à Boboli.*

114 — FLORENCE : *Hôtel de la Paix.*

115 — FLORENCE : *Pescaja d'ognissanti.*

116 — FLORENCE : *Ponte San Trinita.*

117 — FLORENCE : *Ponte Vecchio.*

118 — SAN DONATO : *le Haras.*

119 — ROME : *le Palais Médicis.*

120 — ROME : *le Bosco ; la terrasse.*

121 — ROME : *le Bosco ; les arcades.*

122 — VENISE : *le Grand Canal.*

Salon de 1885.

123 — VENISE : *l'Arsenal.*

124 — VENISE : *le Quai de la Piazetta.*

125 — VENISE : *la Piazetta.*

126 — VENISE : *le Lido.*

127 — VENISE : *le Jardin français.*

128 — VENISE : *Saint-Georges-Majeur.*

129 — NAPLES : *Vue du Vésuve.*

130 — POMPEI : *le Temple du faune.*

131 — POMPEI : *la Fontaine de l'ours.*

132 — ALGER : *Postes et Télégraphes.*

133 — ALGER : *la Place du gouvernement.*

134 — SÉTIF : *la Mosquée.*

135 — BISKRA : *la Voie du chemin de fer.*

136 — BISKRA : *Poste météorologique de la compagnie de l'Oued-Rirh.*

137 — BISKRA : *l'Église catholique.*

138 — BISKRA : *la Mosquée et la Justice de paix.*

139 — BISKRA : *le Marché.*

140 — BISKRA : *Postes et Télégraphes.*

141 — BISKRA : *Quartier des Ouled Naïls.*

142 — BISKRA : *Quartier M'Cid.*

143 — BISKRA : *la Mosquée de Si Lahsen.*

144 — SIDI-OKBA : *la Mosquée-École*.

145 — TALA-MOUIDI : *le Bordj; intérieur*.

146 — SI HAYIA : *le Bordj*.

147 -- TUGGURT : *le Télégraphe optique et la Mos-
quée*.

148 — TUGGURT : *l'École communale*.

149 — TUGGURT : *la Place du marché*.

150 — TUGGURT : *le Bureau arabe*.

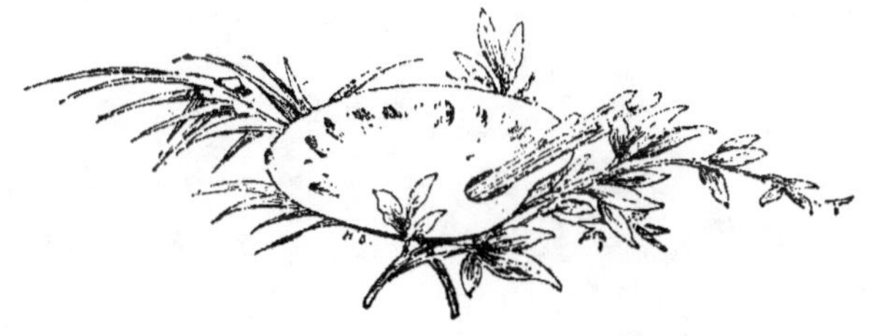